KB130256

분청사기 파편들에 대한 단상

이은봉李殷鳳

1953년 충남 공주(현 세종시) 출생. 1992년 숭실대학교 국어국문학과에서 박사학위를 받았다. 1983년《삶의문학》제5호에 「시와 상실의식 혹은 근대화」를 발표하며 평론가로, 1984년《창작과비평》신작시집 『마침내 시인이여』에 「좋은 세상」 외 6편을 발표하며 시인으로 등단했다. 시집으로 『좋은 세상』 『봄 여름 가을 겨울』 『절망은 어깨동무를 하고』 『무엇이 너를 키우니』 『내 몸에는 달이 살고 있다』 『길은 당나귀를 타고』 『책바위』 『첫눈 아침』 『걸레옷을 입은 구름』 『봄바람, 은여우』 등이 있고, 평론집으로 『실사구시의 시학』 『진실의 시학』 『시와 생태적 상상력』 『화두 또는 호기심』 등이 있다.《열린시조》2001년 봄호에 처음 시조 5편을 발표한 바 있다. (사)한국작가회의 사무총장, 부이사장 등을 역임했고, 한성기문학상, 유심작품상, 가톨릭문학상, 질마재문학상, 송수권문학상, 시와시학상 등을 수상했다. 현재 광주대학교 문예창작과 교수로 있다.

분청사기 파편들에 대한 단상

—

초판 1쇄 2017년 5월 19일
지은이 이은봉
펴낸이 김영재
펴낸곳 책만드는집

—

주소 서울 마포구 양화로3길 99 4층 (04022)
전화 3142-1585·6
팩스 336-8908
전자우편 chaekjip@naver.com
출판등록 1994년 1월 13일 제10-927호

—

ISBN 978-89-7944-611-1 (04810)
ISBN 978-89-7944-354-7 (세트)

책 만 드 는 집 시인선092

분청사기 파편들에 대한 단상

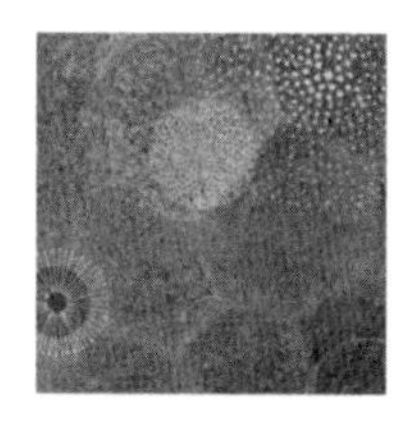

이은봉 시조집

책만드는집

| 시인의 말 |

첫 시조집을 간행한다. 2000년 가을 느닷없이 회오리바람이 불어 시조를 쓰기 시작했으니 17년 만인 셈이다. 감개가 없을 리 없다.

이 시조집에 실린 시조를 쓰는 동안 가장 많이, 가장 깊이 의식한 것은 일본의 정형시 하이쿠이다. 나로서는 이 시조집의 시조가 바쇼의 하이쿠를 훌쩍 뛰어넘을 수 있기를 바란다.

국내에도 닮고 싶은 시조시인과 시조가 없는 것은 아니다. 하지만 그와 그의 시조를 여기에 밝혀 이런저런 마음을 표현할 수 있을 만큼 용감하지는 못하다.

생전에 다시 또 시조집을 간행할 수 있을까. 별로 자

신이 없다. 혹시라도 그것이 가능하다면 순수한 단시조집이 아닐까. 시조가 써지면 두려워하지 않고 써볼 생각이기는 하다.

시조를 쓸 수 있도록 용기를 준 이근배, 김영재, 이지엽 시인께 이 자리를 빌려 고마움을 표한다. 2000년 가을 이지엽 시인의 권유와 격려가 없었다면 감히 시조를 쓸 용기를 내지 못했을 것이다.

2017년 봄

청리당에서

이은봉

| 차례 |

2부 땡감

3부 대못

4부 달개비꽃

1부
개구리

개구리

개구리가 개구리를
등허리에
업고서는

풍덩, 둠벙 속으로
뛰어든다.
저 개구리!

유유히 헤엄을 치는
저 개구리,
개구리 위!

지렁이

비 내린 지 언제인데, 땡볕 활짝 피었는데, 멈칫멈칫 부들부들 아지랑이 피어오르는

진월동 아파트 입구, 메마른 아스팔트 위

토막 난 지렁이들, 기어가고 있고나. 저희도 생명이라고 기를 쓰고 있고나.

한순간 자동차 바퀴에, 으깨져 버릴 저것들!

자벌레

허리를 접었다 펴는
자벌레는 작은 파도.

파도를 일으키며
기어가는
자벌레야.

선불리 들뜨지 마라,
나뭇잎 바다 위!

무당벌레

살다 보면 그야말로 별일이 다 있지요.
모가지에 힘주고 아랫배에 힘주고.

뿌지직 힘주다 보니
바지에 똥도 싸고.

대책 없는 이놈들, 함부로 날뛰는 놈들, 괜스레 상처 받을 일 어디에 있겠소. 발자국 소리에조차 죽은 체 입 닥치지.

세월아. 네월아. 후다닥 지나가거라.
살짝이, 납작이 엎드리는 게 최고지.

텃밭의 무당벌레들
요로코롬 안 살겄소.

도마뱀처럼

모래밭 도마뱀처럼
꼬리를 자르고는

재빨리
도망쳐 버린
아득한
사랑아.

별안간 그리움으로
되살아나 아프구나!

낙타

사막을 걸을 때는 차라리 희망찼는데요. 낙타는 그만 눈 감았지요, 임자나루에 와서.

찢어진 초록 방풍림들, 아우성치는 저 소리들!

태풍에 휩쓸려 나가, 아무것도 없었지요. 저처럼 사납게 파도가 들이치다니!

낙타는 꿈에서조차도 생각하지 못했지요.

어쩌다 임자나루에까지 왔는지는 묻지 마세요. 낙타는 사막을 건너는 것만 생각했어요.

너무도 떨리는군요. 무섭게 뒤집히는 바다!

임자나루는 더 이상 마을이 아니더군요. 아무도 살지 않더군요. 바닷새들만 날더군요.

낙타는 그저 제 발굽만 천천히 내려다보았지요.

성에꽃

성에꽃 하얗게 낀
베란다 밖 유리창,

손톱 세워
긁어본다.
유리창 밖
저쪽 세상,

보인다, 고단한 날들.
긁어 만든 생채기들!

신유목민

으악새 울어대는 늦가을의 무등산,
햇살들 너무 좋아, 단풍잎들 너무 좋아.

자동차 세우고서는
하늘 한번 쳐다보네.

제기랄 환장하겠네. 천왕봉까지 다 보이네.
내일모레 쉰인데, 가슴이 벌렁이네.

밭두둑 주저앉은 채
담배 한 대 피워 무네.

우르르 낙엽이 지네. 하늘이 열리고 있네.
열리는 하늘 속에서 은여우 뛰어오네.

은여우 치마폭에 싸여
새끼들도 달려오네.

아서라. 환상일망정 가슴이 미어지네.
뭉게구름 그림자, 그늘을 만드는데

쪼그려 앉은 자리마다
그리움 한 무더기!

분청사기 파편들에 대한 단상

무등산 자락 여기저기
분청사기 파편들.

깨어지고 부서져
조각난 세월들.

미어져 터져버린 가슴, 너무도 많구나.

가마터 주변마다 버려져 있는 목숨들,

땅속에 묻힌 지
수백 년이 지났어도

저처럼 되살아나서 내일을 꿈꾸다니!

꿈이야 뭇 생명들의 본마음 아니던가.

버려진 꿈 긁어모아
이곳에 쌓고 보니

무등산 골짜기마다
동백으로 피는 봄별.

잘 자야지

잘 자야지.
잘 자는 건
힘든 세상, 보약이지.

아니지. 잘 자는 건
보약보다
밥이지.

그렇지.
밥 잘 먹어야
건강하지. 힘 나지.

잠자리

–첫사랑

마른 수숫대 위
살포시 앉아 있는,

가만가만
다가서면

차르르
날아가는,

잠자리, 고추잠자리
서러워라 가을빛!

뿌리

메뚜기 떼 튀어 오르는
이슬 마른 풀잎들도

뿌리가 있다고요.
어머니가 있다고요.

송아지, 물어뜯으면 아프다고 운다고요.

하늬바람 불어오면 머리카락 흩날리며

휘파람 불지요.
앙가슴 메어지죠.

잔뿌리, 더욱 뻗으며
어금니 깨물지요.

홍시

무너진 성벽 틈새
으깨진
홍시 하나.

벌겋게 널브러져
말라붙고 있고나.

덜커덕 튀어 오르다
주저앉은
이 가슴!

바퀴벌레

우르르 싱크대 밑, 몰려다니는 저 신사들! 이 세상 누구보다도 오랫동안 살아왔다며

검정색 정장 입고서는 으쓱대는 꼴이라니!

그렇게 살아왔으면 세상일 죄 환하겠거늘, 어찌해 불빛만 비치면 정신없이 도망치나.

일단은 그렇게라도 살고 봐야 안 되겠나.

이제는 불 다 꺼졌으니 어서 빨리 나오게나. 멋대로 신나게 주둥이 좀 까세그려.

책상 밑 숨지만 말고, 쌀독 뒤 숨지만 말고!

말은 그럴듯해도 네 모습 재밌고나. 나도 별것 아니지만 너도 별것 아닐세.

주둥이 달싹대는 꼴, 철없는 시인이고나.

땡감 하나

한여름 땡볕 속
나무 그늘, 흔드는 바람.

뾰족이
모가지 내밀며
몸 말기는
강아지풀.

나른한 졸음 속으로
땡감 하나, 투두둑!

땅강아지

남새밭 한구석, 두 손 싹싹 비비네.

땅속 바다 여기저기 헤엄치며 다니다가 갑자기 튀어 나오니 봄 햇살 너무 밝네.

하느님 내려다보니 더욱이나 두렵네.

너무도 잔인한 게 이 세상 아닌가. 밭고랑 내딛는 걸음, 자꾸만 흔들리네.

떨리는 마음으로 하느님 바라보네.

콩새가 콩인 줄 알고 삼키면 어쩌나. 알겠네, 발바닥까지 비벼대는 저 마음!

빈 들판

빈 들판 베어낸
벼 포기 자국마다

우세두세
물안개
치맛자락
흩날리네.

함부로 문드러지며
몸을 꼬는 햇살 더미.

메뚜기

훌러덩 벗겨진
뻔뻔한 이마 좀 보소.
공짜라면 무엇이든 참 많이 좋아하겠네. 졸졸졸 시냇물 소리에 깜짝깜짝 놀라는군.

우쩍 솟은 안테나
너무도 예민해
여기저기 펄쩍 뛰며 도망치는 두 다리, 커다란 눈망울 좀 보소, 환하게 빛나는.

불안한 마음으로
두리번거리면서도
움츠린 가슴 위로 침 줄줄 흘리는군. 세상을 많이도 닮아 자네 살기 어렵겠네.

파리

1

파리이, 부르면
네에 대답하는, 요 녀석!

포르르
날아가서는
은근슬쩍
돌아보며

손 싹싹 비비어대는
뻔뻔한 이 녀석!

2

아이고……, 내가
고봉밥이라도 되어

차라리,
품 안으로
불러들이고
말 것이지.

눈 감고 천장 바라보며
한숨 쉬는 여름날!

내변산

산까치들 좋아라,
서리 맞은 홍시들.

가지마다
주렁주렁
붉디붉은
보름달들.

들국화 무더기로 피어
발걸음들 잡아끄네.

2부

땡감

땡감

한자로 쓰면 청시青柿.
우리말로 쓰면 땡감.

땡감은 내 어릴 적
짓궂은
별명이었지.

한때는 나도 그처럼
떫은 적 있었거니!

나주호 근처
–광주, 1995년, 봄

호숫가 들마루 위,
뽀얀 감잎,
바라보네.

톡톡톡, 튀어 오르는 빙어,
깻잎으로 후딱 싸서

으흐흐, 막소주 한 잔
입안에
털어 넣네.

더는 갈 곳이 없네.
여기가 그만 끝이네.

호수 위, 자잘한 물결
눈 감고
바라보네.

봄바람 몰려다니며
바짓가랑이 흔드는데!

장마 개인 아침

장맛비 개인 아침
연초록
뽕잎 위에
온몸 접었다 펴며
자벌레는
재고 있다.

숲 속의 계산쟁이야.
너 재는 것
무엇이냐.

뽕잎을 갉아 먹고
참나무 잎까지
갉아 먹고
벌레 되어 살다 보니
멧비둘기
무섭더냐.

세상일 한심하거늘

괜스러워라,

저 계산!

겨울 수만리

벌거벗은 어린 나무들
서로를
끌어안네.

십 년이 지난 뒤에나
깨닫네,
그녀의 사랑!

매화꽃 피는 계절이
폭설 뒤에나
온다는 것도!

오렌지

깨지고 터져야
향기를
뿜는다며,

너는 내 절망에
생채기를
내는구나.

그럴까, 내 절망까지.
오렌지야
그렇겠지만.

여름밤

아카시아, 오동꽃
한바탕 떨어지자
앞뒷산 녹음들 파릇파릇 우거진다.

장대비 퍼부어대자
시큼한 물비린내!

집 앞 무논 속
우짖는 개구리 떼!
빗소리 시끄러워 잠 못 드는 사람들

오조조 마음들 모아
창밖을 내다본다.

초여름

늦봄은 부지런하고
초여름은 게으르군.

후줄근한
장맛비 속
시끄러운
개구리들.

저녁 해 서산에 들자
오동꽃 지는군.

담배 생각

긴긴밤 겨울밤
한숨 자고
일어나서는
날고구마 깎아 먹으며
시집 펴고
읽는데,

끊은 지 서너 달이 된
담배 생각
절로 나네.

딱 한 대만 피울까
망설이다
다짐하네.
이미 다한 인연인데
되찾아
무엇하나.

옛 연인 떠올려 가며
고개를
저어보네.

제비

제비야.
네 꼬리 같은
신사복
걸쳐 입고

연희를
베풀고 있는
이웃 나라
총리는

부끄럼
없다는고나,
잎새에 이는
바람에도.

섣달그믐

무언가 자꾸만 그립기는 그리운데

너무도 그리워
그예 잠이 안 오는데

무엇이 그리운지를 알기가 어렵네.

가슴이 알싸해져
들뜨는 깊은 밤

리모컨 눌러가며 TV 채널 돌려보네.

무엇이 그리운 건가,
옛 여인의 허벅지!

매화꽃밭

잠 안 오는
봄밤.
깊어만 가는
봄밤.

콜록콜록 기침 소리.
쿵쿵대는 콧소리.

가슴속 솟구쳐 오르는
섬진강 변 매화꽃밭.

윙윙대는
꿀벌 소리.
쿵쿵대는
심장 소리.

청매화 향기 따라

백매화로 떠돌다가

그녀의 무르팍 베고
잠들고 싶은 봄밤.

팽목항

삼 년이나 지났건만
팽목항은 눈물바다.

눈물꽃
피워가며
찾아가는
팽목항.

먼 바다 바라보다가
다시 또 눈물꽃!

밤새

둥지로 들지 못한
밤새가
혼자 운다.

창밖에는
달이 떠
먼 산까지 환한데

무엇이 밤새를 불러
이 밤,
떠돌게 하나.

술 생각

술이 체질인 사람
있기는 하겠지.

못 먹는 술
억지로 마시며

그날은 거기 그 자리, 멋지게 흥 냈지.

체질이야 오히려 술보다는 차茶이지.

마셔야만 할 때는
그래도 마셔야지.

다관茶罐에 찻물을 부으며
잠겨보는 술 생각.

짝사랑

폭풍이 파도를 불러
가슴 안에
만드네,

절망으로
아우성치는
커다란
물웅덩이.

온몸이 진저리 치네,
물웅덩이
출렁일 때마다.

냉수 한 잔

밤 두 시인가. 새벽 두 시인가.
몸은 무거운데, 잠은 안 오는데

눈꺼풀 닫힐 때마다
불덩어리 솟구치네.

솟구치는 불덩어리, 들끓는 화딱지,
부처님 배운다더니 마구니나 배우누나.

첫새벽, 마음 다스리려
냉수 한 잔 들이켜네

개구리 우는 밤

개구리 우는 밤,
달빛도
환한 밤.

달맞이꽃
꺾어 든
냇둑가의 저 소년,

먼 하늘 우러러보며
별들을
따고 있네.

염소

말뚝에 매여 있는
방천의 어린 염소,

뱅글뱅글 도는 자리.
음매음매 우는 자리.

풀 한 입
뜯어 먹고는
먼 하늘
바라보네.

먼 하늘 거기 어디
엄마 염소 살고 있나.

두고 온 고향 집
저녁연기 오르나.

고삐에
묶여 있을수록
식구들
그립네.

매미 울음

촘촘하게 내리쬐는
한여름
땡볕 속,

돌 틈을 파고드는
뜨거운 매미 울음.

눈 감고 치달려 오는
빗소리들
숨어 있네.

환해지는 빛

어둠이 와야 빛이 소중하지.
밤이 와야 낮이 그립지.

가슴이 환해져야만
세상도 환해지지.

땅거미 밀려오면 반짝, 하고 켜지는 빛.
고향 마을 먼 마을, 자꾸만 떠오르지.

싸락눈 싸락거리는 밤,
어지러운 마음 가득.

3부

대못

대못

가슴속 대못 하나,
단단하게 박혀 있네.

녹이 슨
이 대못,
암만해도
안 빠지네.

차라리 끌어안아야지,
다른 길 없으면!

4호선 전철

한 손에는 스마트폰.
다른 손에는 장미꽃.

새끼손가락 끝에는 생수병도 들려 있네.

밤늦은 4호선 전철
졸고 있는 저 사람!

그 모습 바라보는
머리 흰 중년 하나.

이 사람 왼손에도 스마트폰 들려 있네.

나머지 오른손에는
시집 나부랭이 들려 있고!

채송화

비 내리다가
그친
초여름
마당가

오조조, 피어 있는
앉은뱅이 채송화.

먼 하늘
바라다보며
꿈 키우고
있고나.

만해마을

여름이 다 가기 전
또다시 찾아왔네.

비 오는 날
세미나실
오밀조밀
앉아 있네.

이곳에 무엇이 있나.
시 있고, 밥 있네.

어디 그뿐인가.
어지러운 말도 있네.

마음은
빠져나와
숲길을

걷고 있네.

내린천 비바람 속을
출렁출렁 떠도네.

부채의 꿈

바람을 불러 모아야지.
바람을 키워야지.
바람을 불러일으키는
당신은 작은 부채.
바람은 당신의 희망,
바람은 당신의 내일.

바람이 없는 삶은
그렇지. 죽은 삶이지.
바람이 있어야
그렇지. 산 삶이지.
바람을 함부로 하면
안 되지, 생명의 신비를.

부채는 바람의 고향.
부채는 생명의 뿌리.
바람이 없는 세상은

그렇지. 죽은 세상이지.
부채를 흔들어야지.
생명을 불러 모아야지.

귀뚜라미야

귀뚜라미야. 왜 우니. 너도 많이 서럽니. 귀뚜라미야. 너는 왜 어둠이나 키우니.

숲 속의 소나무들은 서러워도 푸르거늘!

파꽃 아줌마

밭두둑에 앉아서는
긴 한숨 쉬고 있는,

서러운
가슴아.
움켜쥔
가슴아.

벌 나비 날아와서는
날개 펴 껴안거늘!

풀벌레 소리

늦여름, 늦여름을 울어대는 풀벌레 소리.

울다 지친 늦여름, 저도 그만 잠드는데
잠들지, 잠들지 못하는 내 마음 깨어 있네.

풀잎들 엮어 지은 초막 위에 누워서는

풀벌레 소리, 풀벌레처럼 찌르르 듣고 있네.
한세상 뒤돌아보니 나도 그냥 풀벌레!

푸른길 가로등

밤이 오자
'푸른길',
어김없이
어두워라.

풀벌레 울어대도
밤인 걸 어찌하나.

가로등,
불이 켜지자
마음까지
푸르러라.

나비

나비가 장미꽃을 찾는 까닭은 단순하지.
장미꽃에는 무엇보다 꿀이 있기 때문이지.
아니지. 장미꽃에는 사랑이 있기 때문이지.
꿀과 사랑은 어떻게 같고 어떻게 다른가.
긴 빨대 아무 데나 찔러대는 나비야.
장미꽃, 꽃술이라고 봐주지 않는고나.
온종일 날개를 폈다가 접는 나비야.
폈다가 접는 것이 모든 생인 나비야.
네게는, 너 자신에게는 아무런 질문 없지.
언제나 질문은 고통을 만들게 마련이지.
어떤 고통도 견디지 못하는 나비야.
고통을 견디지 못하니 네게는 향기 없지.
오늘은 내 가슴 위 날고 있는 나비야.
이곳에는 오래전부터 꿀도 사랑도 없고나.
그래도 거기 깊은 곳 아름다운 고통 있지.
한세상 장미꽃들 찾아다니는 나비야.
네게는 장미꽃이 아주 오랜 꿈인 거니.
나비야. 꿈이라는 것, 끝내는 신기루거늘.

단풍잎 하나

늙은 엄니 손바닥 같은
쪼글쪼글
단풍잎 하나,

혼자 걷는 오솔길 위
떨어져 뒹구네.

마음속 깊은 골방으로
밀려드는
슬픔 하나!

까치

누가 네게 '희망'이라
이름을 붙였을까.
우리 집 강아지 콩콩콩 짖고 난 뒤
까치들 날아와서는
아침을 나눈다.

정작의 희망은
까치 울음 아닌데,
본래의 울음은 아직도 절망인데,
'희망'은 아무 생각 없이
콩콩콩 짖는다.

아침의 강아지야.
까치들의 친구야.
지금은 감나무에서 감이 익는 가을이다.
'희망'의 밥찌꺼기들
쪼아대는 까치들아.

캄캄한 집

아내는 일 나가고
아이는
알바 나가고

사내는 여태까지
사무실에서
일하고…….

오늘도 자정 가까이
텅 빈 집,
캄캄한 집.

혼자 먹는 밥

우두커니 혼자서
밥 먹는 사람,

시인일까, 막일꾼일까
그들이 아니면,

혼자서 밥 먹을 리 없지.
외로울 리 없지.

시인은 고독자,
막일꾼은 단독자,

혼자서 꾸역꾸역
밥 먹고 있고나.

그렇지 먹고사는 일,
슬프고도 아름답지.

까마귀들

조촐조촐 가을비,
흩뿌리는 무등산.

우산 쓰고
거뭇거뭇

올라가는
쇄인봉.

빗속의 저 까마귀들,
조촐조촐 젖는데.

두꺼비 두 마리

떡두꺼비 두 마리 고향 집 부엌으로, 성큼성큼 들어왔지, 놀랍고 신기하게.

찬장 옆 두멍 속으로
풍더덩 뛰어들었지.

이런 꿈꾸고 난 뒤 두 아이를 낳았지, 아내는 연이어 행복을 생산했지.

우리 집 못난 아이들
이렇게 태어났지.

떡두꺼비 두 마리, 큰아이와 작은아이, 대들보가 되겠지, 씩씩하게 자라서는.

오늘도 꽃피어 나지,
아이들 잘 자라면서.

빨간 말

잘 참다가 내 입에서
튕겨져 나온 빨간 말.

말에도 색깔 있지,
노란 말, 파란 말.

불처럼 쏟아져 나온
빨간 말을 어쩌지.

똑바로

똑바로 서야지 똑바로 걸어야지.

굽으면 안 되지.
누우면 안 되지.

하늘이 보고 싶을수록 당당하게 걸어야지.

하늘을 보려면
고개를 젖혀야지.

하늘을 보았으면 부끄러워 말아야지.

어깨를 활짝 펴고는
뚜벅뚜벅 걸어야지.

살구꽃빛 그리움

그리움에도 빛깔 있나. 봄날의 살구꽃빛. 살구꽃빛 그리움에는 무엇이 들어 있나.

연분홍 꽃잎 사이로 흔들리는 사랑아!

소

눈망울 껌벅이며
내 얼굴
바라보는 소.

크기도 해라 저 눈망울,
눈망울 속
흰 구름

차르르, 흐르다가는
순식간에
사라지네.

놀란 마음 다독이며
찬찬히
바라보는

저 소의 눈망울

멀고도
깊어라.

저렇게 멀고 깊거늘
무얼 담나,
그 속에.

4부
달개비꽃

달개비꽃

남들 눈에 띄지 않아
점점이 좋아라.

보랏빛
설움으로
가만히
피어서는

한세상 견디는고나,
논두렁의 뜸부기.

시간의 숲

봄이 가는 길가에 몰려 있는 시간들, 옹기종기 조잘대네, 잊히면 안 된다고. 시간들, 마음과 달리 견디기 힘드네.

시간들 남고 싶네, 추억으로, 기억으로. 숲가에 몰려 앉아 옹송대는 시간들. 그래도 길 떠나야지. 어쩌겠나, 운명을!

민들레꽃, 고향

민들레꽃, 꽃씨 터진다. 바람에 흩날린다. 땅에 내려 앉는다. 흙먼지에 덮인다.

봄이 와 초록 싹 틔우는 여기는 꽃 고향!

골짜기

당신과 나 사이의
이 깊은 골짜기!
메워야 하나 어쩌나
그냥 두면
안 되나.

오늘도 골짜기에서는
찬 바람
불어오네.

골짜기가 생기면
찬 바람이 불기 마련!
찬 바람이 도대체 왜,
당신과
내 탓인가?

아서라. 어디서인들

찬 바람,

불지 않으랴.

광화문광장에게

촛불을 치켜든다. 사랑을 높이 든다. 광화문광장아. 미안하고 고맙다. 이 나라 민주주의를 네가 다 지키는고나.

그런데 저 여자는

잘못하고 되돌아보는 것은 사람만이 아니다. 저 개도 잘못하면 자기 자신 되돌아본다.

사람들 내려다보는, 그런데 저 여자는!

잘못한 사람일수록 자주자주 되돌아본다. 저 개도 되돌아보며 슬쩍슬쩍 꼬리 친다.

갈수록 뻔뻔해지는, 그런데 저 여자는!

길음시장

뉴타운 들어선 뒤
방석만 하게 줄어든,

있는 듯 없는 듯
밀려난 길음시장.

그래도 활기차고나.
오늘 하루 일상들!

느릿느릿

느릿느릿 천천히 잠자리를 정리한다. 여유 있게 시작할수록 아침은 더욱 밝다.

천천히 조간신문부터 펼쳐 들고 읽는다.

그동안의 아침은 너무나 바빴다. 젊어서는 없었다, 게으름을 피울 시간!

오늘은 좀 빈둥댄다, 한가한 마음으로!

참기쁨

–한주에게

더러는 독한 시련도 저린 슬픔도 겪어야 한다. 참고 견디는 것도 공부다, 숨어서 우는 것도.

그래야 좀 알 수 있다. 사람살이의 참기쁨!

암사동 즐문토기에 관한 상념

장작불에 구울 때 터지지 말라고, 토기의 옆면에 빗금을 넣었군요.

신석기 옛사람들도 지혜가 있네요.

모래밭에 박으려 뾰쪽해진 토기의 끝, 당시의 사람들도 물가가 좋았군요.

물가에 터를 잡는 것은 지금인들 다르랴.

토기의 옆면에는 구멍이 뚫렸군요. 끈을 꿰어 등에 매려 구멍을 뚫었군요.

아직은 자세한 까닭, 밝혀지지 않았지만.

강진 기행

강진에는 왜 가나.
무엇을
보러 가나.

영랑을 보러 가지.
시문학을
보러 가지.

모란은
아직 좀 일러
피지를 않았어도.

슬픈 역사

도대체 왜 그랬을까 짐작하기 어려웠네. 세월이 흐르고 나서야 퍼즐이 맞춰지네.

어느덧 알게 되었네, 음흉한 저 음모를!

부정선거 낡은 정부 어떻게든 지켜내려, 삼백 명이 넘는 사람 바닷속에 처넣은

이 나라 나쁜 사람들, 뻔뻔한 권력자들!

역사가 아직까지 싸움을 원한다면, 지치고 힘들어도 싸워야지 어쩌겠나.

싸우며 사는 것처럼 슬픈 일 있겠냐만.

갈 길

장맛비 그친다.

소슬바람
슬쩍 인다.

산뽕잎 잎사귀 위

고개 쳐든
무당벌레!

주변을 두리번대다가

제 갈 길
그냥 간다.

반성

마음이 모질지 못해 팔다리 고생한다.
독해져야지 강해져야지 마음대로 잘 안 된다.

침대에 바로 누운 채
반성한다, 눈 감고.

반성해도 안 변한다,
아리고 아픈 가슴.

터진다, 미어진다, 딱한 세상 사람들.
눈 감고 바라다보아도 형광불빛 빛난다.

구절초

구절초 아홉 마디
굽이굽이
힘들지.

가슴속 아픈 사연
찬 바람에
씻고서는

하얀 꽃 피워 올리는
네 마음
누가 알리.

눈보라

올겨울도 눈보라, 참으로 싸가지 없다.

인정머리 너무 없다.
겨우 남은 낙엽마저

못 참고 흔들어댄다. 아프다, 나뭇가지들.

끝내는 지나간다, 올겨울 눈보라도.

온 산의 나뭇가지들
흔들다가는 그만 지쳐

긴 한숨, 푹 쉬고서는 쫓겨 간다, 북으로!

누에

누에가 뽕잎을 먹는다,

사각사각
소리 내며.

언젠가 고치 팔아

등록금
낸 적 있다.

누에의 뽕잎 먹는 소리,

하늘의
웃음소리!

해변의 묘지

바다를 바라보아야 천국에 이르는가.

천국은 바다 저쪽, 아득히 낮은 곳.

섬들을 바라보아야 죽어서도 높아지지.

해변에 터를 잡고 밝게 떠난 마음들.

저 바다 넓은 곳이 당신의 품이었나.

못 이룬 꿈들을 위해 그냥 여기 눕는 거지.

하늘만 우러르면 천국에 못 이르지.

하늘은 드높은 곳. 푸르게 빛나는 곳.

그곳엔 천국이 없지. 천국은 뻘밭에 있지.

연잎 산조

장맛비 쏟아져 내려
온 세상 다 젖는데

연잎은 물방울들
떼그르르 굴리네요.

그녀만 젖지 않네요,
모든 것 다 젖는데.

그녀 위에 떨어지면 무엇인들 젖을까요.
구르는 물방울들 가슴을 태우네요.
저 연잎 어찌하나요. 모든 것 다 뱉네요.

거부하고 부정하는
연잎도 아프겠죠.

방울방울 굴러가는

물방울들 좀 보세요.

안간힘 쓰고 있네요,
무슨 꽃을 피우려고.

부소산 길

삼십 년 만에 오르는
부소산
서러운 길.

그때는 사랑 잃고
터벅터벅
오르던 길.

지금은 나무 그늘 속
아슴아슴
그윽한 길.

마을버스

길음동 전철역에서
돌산의 신안아파트까지

병들고 늙어빠진
굼벵이
한 마리

땀 뻘뻘 흘리는군요,
고개를 끄덕거리며.

시조를 쓰고 읽는 즐거움

이은봉

1. 깨어 있는 시민계급과 시조

한때는 시조를 늙고 낡은 언어예술 형식이라고 생각한 적이 있다. 시조가 민주화된 오늘의 자본주의사회에서도 생존할 수 있을까. 시조는 이미 저 자신의 사회·경제적 토대를 잃어버린 지 오래이지 않은가. 조선시대의 사대부적 가치를 반영하는 언어예술이니만큼 그들의 가치가 해체되고 소멸된 지금은 시조도 해체되고 소멸되어야 마땅하다고 이해했던 것이다.

하지만 지난 1980년대를 거치면서 나는 그러한 생각을 수정한다. 1980년대 이후 우리 사회의 구성 형식에 대해 좀 더 진전된 인식을 갖게 되었기 때문이다. 따져보면 시민계급을 기반으로 하는 오늘의 현대사회와 사대부 계급들을 기반으로 하는 과거의 봉건사회가 전혀 다른 것은 아니다. 사회·경제적 측면에서 보면 깨어 있는 시민계급 중심의 오늘의 현대사회와 깨어 있는 사대부계급 중심의 과거의 봉건사회는 상호 겹치는 부분을 갖고 있다.

오늘의 깨어 있는 시민계급과 과거의 깨어 있는 사대부 계급은 정서적으로도 유사한 특징을 공유한다. 여러 면에서 오늘의 현대사회의 시민계급은 과거의 봉건사회의 사대부계급과 유사한 의식지향을 갖는다. 이는 좀 더 나은 세상을 만들려는 비판의식의 면에서는 물론 책임의식 면에서도 마찬가지이다. 형편이 이러하니 심미의식의 면에서도 오늘의 깨어 있는 시민사회는 과거의 깨어 있는 사대부사회와 충분히 접점을 갖는다.

깨어 있는 주체로서 언어예술에 대한 깊은 의지를 지닐 수 있는 사람은 어차피 그 사회의 특별한 몇몇 개인일 수밖에 없다. 바로 이러한 점에서도 시조는 오늘의 깨어 있는 시민사회에서 여전히 유효한 역할을 갖는다. 시조라는 언어예술 형식이 갖고 있는 서정적 심미의식을 생산하고 향유할 수 있는 사람은 아무래도 특별한 능력을 지닌 몇몇 소수일 수밖에 없다. 바로 그러한 점에서 시조와 자유시의 창작주체 및 향유 주체는 상호 공존할 수밖에 없다.

2. 품위 있는 삶과 시조의 형식

자유시는 매 편마다 자기 형식을 창출해야 하지만 시조는 그렇지 않다. 일정한 형식, 기본 체계를 지니고 있는 것이 시조이다. 이른바 '3장 6구 12음보'라는 기본 형식이 바로 그것이다. 많은 사람이 시조를 두고 '정형시'라고 부르는 것도 다름 아닌 이 때문이다.

한 행이 4음보인 시조의 기본 형식은 한 행이 3음보인 4구체 향가의 기본 형식을 떠올린다. 4구체 향가의 기본 형식은 원시 민요의 기본 형식과 유사하다. 그렇다. 4구체 향가의 기본 형식은 한 행이 3음보인 '4장 6구 12음보'라고 요약할 수 있다. 한 행이 3음보인 4구체 향가와 한 행이 4음보인 시조는 장과 행의 구조가 뒤집혀 있을 따름이다. 이러한 점에서 4구체 향가와 평시조 단수는 형식적으로 깊은 유사성을 갖는다.

시조의 전통적인 리듬 형식, 리듬 체계를 있는 그대로 창작에 구현하는 시인은 많지 않다. 시인들 자신도 시조의 기본 형식을 있는 그대로 창작에 구현하는 것에 대해서는 마땅치 않아 한다. 주어진 시조의 기본 형식을 바탕으로 끊임없이 새롭게 하기, 이른바 '낯설게 하기'를 시도하고 있는 것이 시조가 처해 있는 현실이다. '3장 6구 12음보'라는 기본 형식을 기꺼이 수용하면서도 즐겁게 새로운 변화를 시도하고 있어 시조는 더욱 주목을 받는다.

물론 주어진 형식 안에서 실현하는 변화와 변주는 어느 면에서 어눌하고 답답해 보이기도 한다. 그럼에도 불구하고 나는 그 안에서 새로운 행의 처리로 새로운 리듬을 이루려는 탐구를 거듭 즐기고 있다. 장章을 단위로 행을 나누는 것이 기본 형식이지만 매번 그렇게 행을 나누는 것은 읽는 맛과 보는 맛을 고루하게 만든다. 남들처럼 나도 장을 지니고 있으면서 장을 초월하는 행, 나아가 구, 음보, 음절을 단위로 다양하게 행을 나누어 읽는 맛과 보는 맛을 배가하려 노력한다.

이렇게 행을 새롭게 분할하는 것은 시조를 새롭게, 곧 낯설게 만들기 위해서이다. 이때의 낯설게 만들기는 마땅히 읽고 보는 즐거움을 향상시키기 위해서이다. 행을 이처럼 낯설게 분할하는 가운데 가락을 밀고, 당기고, 끊고, 맺고, 꺾고, 젖히는 것은 시조를 창작하는 또 다른 기쁨 중의 하나이다.

주어진 틀 안에서의 자유, 곧 틀 안에서의 이런저런 자잘한 실험은 시민적 가치의 실천, 곧 살아 있는 민주주의의 실천에 대응하기도 한다. 따로 강조하지 않아도 '민주주의'라는 틀 안에서 나날의 삶이 지니고 있는 형식을 새롭게 발견하고 개혁하는 일은 자못 중요하다. 어떤 삶에도 형식은 있기 마련이거니와, 이때의 형식을 바로 깨닫고 바로 실천하는 일은 삶의 품위를 높이는 일이기도 하다.

시조의 기본 형식을 새롭게 발견하고 변주하는 일은 오늘의 삶이 지니고 있는 기본 형식을 발견하고 변주하는 일과 무관하지 않다. 아니, 오늘의 삶이 지니고 있는 기본 형식을 발견하고 변주하는 일은 시조의 기본 형식을 발견하고 변주하는 일과 무관하지 않다.

내용에 못지않게 형식도 중요한 것이 일상의 삶이다. 형식을 갖출 때 삶은 품위를 얻기 마련이다. 형식을 갖추지 않고 품위 있는 삶을 얻기는 힘들다.